Écrivains | numéro **10**

EDGAR ALLAN POE,
UN CORBEAU MULTICOLORE

— L'histoire (extra)ordinaire
d'un artiste maudit

par Hervé Romain

50MINUTES

EDGAR ALLAN POE

- **Naissance ?** Né le 19 janvier 1809 à Boston.
- **Mort ?** Décédé le 7 octobre 1849 à Baltimore.
- **Contexte ?** Les États-Unis se développent vers l'ouest sur fond de révolution industrielle et voient fleurir, en art et en littérature, un romantisme marqué par l'influence européenne.
- **Œuvres majeures ?**
  - *Contes* (1832-1849) : *Manuscrit trouvé dans une bouteille* (1833), *La Chute de la maison Usher* (1839), *Double Assassinat dans la rue Morgue* (1841), *Le Scarabée d'or* (1843), *La Lettre volée* (1845), etc.
  - *Les Aventures d'Arthur Gordon Pym* (roman, 1838).
  - *Le Corbeau* (poème, 1845).
  - *Eurêka* (essai, 1848).

Le mythe d'Edgar Allan Poe se fond dans celui de l'Amérique, sans toutefois se confondre avec lui. À la légende d'une nation jeune, dynamique, tournée vers la conquête, semble répondre en négatif celle d'un être maladif, morbide, tourné vers lui-même. A priori, rien ne relie l'une et l'autre. Et pourtant...

S'il a encore des détracteurs, Edgar Allan Poe figure aujourd'hui au panthéon des lettres américaines. Son nom est le sésame d'un univers à la fois beau et terrifiant, beau parce que terrifiant. Un univers où, sous un ciel bas et lourd parcouru d'oiseaux noirs, des êtres tourmentés, hantés par le souvenir d'amours défuntes, hantent eux-mêmes d'antiques demeures. Certains esprits incrédules ne manquent pas de trouver risible ce déballage de noirceur qu'ils jugent malsain, tandis que d'autres, plus nombreux, y voient, génération après génération, le reflet d'une part sombre de leur âme. Fallait-il que son originalité soit profonde pour continuer de susciter la polémique, un siècle et demi après sa mort.

Mais Poe serait oublié s'il n'était qu'un artisan de l'horreur, fût-elle psychologique. Or il est bien plus que cela. On lui attribue la paternité du genre policier, voire de la science-fiction, et il annonce avec près d'un siècle d'avance les explorations de l'inconscient et les révolutions littéraires post-modernes. Aussi sa manière subtile se teinte-t-elle de dérision, comme si l'artiste ne se prenait pas au sérieux. Mais ne nous y trompons pas : lucide et critique sur son art, il ne recherche rien de moins que la perfection.

CONTEXTE

LA NAISSANCE D'UNE NATION

Au début du XIXᵉ siècle, les États-Unis en sont encore à leurs balbu-
tiements. Déclarés indépendants par Thomas Jefferson (1743-1826)
en 1776, ils ne le sont en fait et en droit que depuis 1783, grâce au
traité de Paris par lequel la Grande-Bretagne reconnaît l'indépendance des 13 colonies qui constituent cette première république
moderne. Les relations restent toutefois tendues entre les deux
nations, qui s'affrontent à nouveau en 1812 lors de la seconde
guerre d'indépendance.

En 1809 (date de naissance d'Edgar Allan Poe), les États-Unis ne
comptent qu'une vingtaine d'États, tous regroupés sur la côte Est,
sans dépasser les Appalaches (Poe surnomme d'ailleurs l'Amérique
« l'Appalachie »). L'expansion va cependant très vite, la jeune
nation triplant sa superficie en quelques décennies, notamment par
l'annexion des territoires français (la Louisiane, alors beaucoup plus
grande qu'aujourd'hui), anglais (l'Oregon), espagnols et mexicains
(la Floride, la Californie et le Texas).

À l'Ouest, les contrées sauvages, inconnues, sont encore à conquérir.
William Clark (1770-1838) et Meriwether Lewis (1774-1809) atteignent
le Pacifique en 1805. Très vite, les Américains prennent conscience
de ce qu'ils appellent leur « destinée manifeste » : cette terre nouvelle est à eux, et il est de leur devoir d'en prendre possession. C'est
sous le signe de cette évidente et nécessaire progression vers l'ouest
que naît le nationalisme américain, sous les traits de la propriété
privée, de l'utilitarisme et de l'esprit d'industrie. Mais la médaille
a aussi son revers : pouvoir de l'argent, individualisme et mythe du

self-made-man, autant d'éléments constituant les germes du fameux rêve américain qui en décevra plus d'un. Sans oublier le « vice originel » que constituent le remplacement des Indiens par les Américains et, bien sûr, l'esclavage.

UNE EXPANSION FULGURANTE TOUS AZIMUTS

Les villes se développent rapidement et à partir de rien. Mais dans les rues non pavées et non éclairées règnent la pauvreté et la maladie (notamment la tuberculose). Au début du siècle, la population est encore faible : les plus grandes cités ne dépassent pas 50 000 habitants, le pays entier comptant à peine 5 millions d'âmes, Indiens non compris. Mais le boom ne se fait pas attendre : de 1800 à 1850, le nombre de citadins se voit multiplié par cinq, voire par dix dans certaines villes, notamment grâce à l'immigration qui s'accentue à partir de 1840, et aux ruées vers l'or de 1828 et 1849.

Politiquement, les États-Unis sont fiers d'être la première république démocratique du monde, où la recherche du bonheur est un droit garanti à chaque homme par la Constitution. À leur tête, des présidents sont élus pour des mandats fixes et, parmi eux, déjà, un homme du peuple : Andrew Jackson (1767-1845), président de 1829 à 1837, et qui plus est un sudiste (Poe, bien que né à Boston, est lui aussi un enfant du Sud). Car malgré leur nom, les États-Unis souffrent d'une division qui oppose, notamment sur la question de l'esclavage, les États du Nord, de tradition industrielle et abolitionniste, à ceux du Sud, agricoles et esclavagistes. Sensible dès 1830, la scission aboutit à un conflit civil : la guerre de Sécession (1861-1865), qui voit les Yankees du Nord triompher sur les Confédérés du Sud.

L'époque correspond en outre à une révolution industrielle soutenue par une politique de grands travaux : routes, chemins de fer et canaux prospèrent sur tout le territoire. Le progrès est en marche.

À LA RECHERCHE D'UNE IDENTITÉ CULTURELLE

Détachés de la tutelle britannique, les États-Unis développent peu à peu une culture et une littérature propres : on parle d'une Renaissance américaine. Pourtant, il est difficile de vivre comme écrivain dans un pays où les rares éditeurs préfèrent miser sur les succès outre-Atlantique plutôt que sur d'incertains auteurs du cru. De plus, écrire ne rapporte quasiment rien : il n'existe aucun système de protection des droits d'auteur et la population lettrée commence à peine à constituer un lectorat significatif.

La spécificité de la littérature américaine s'affirme d'abord par ses thèmes, empruntés à l'histoire directe des États-Unis : conquête de l'Ouest, opposition entre nature et progrès, entre hommes blancs civilisés et Indiens sauvages, etc. On pense notamment aux romans de James Fenimore Cooper (1789-1851), l'auteur du *Dernier des Mohicans* (1826). Les grandes valeurs de la société nouvelle imprègnent également la fiction, où il est question d'immigration, d'exploration ou encore de puritanisme, comme c'est le cas dans *La Lettre écarlate* (1850) de Nathaniel Hawthorne (1804-1864). Mais le rapide développement de la civilisation trouve aussi des opposants chez les transcendantalistes tels que Ralph Waldo Emerson (1803-1882), qui cherchent à renouer avec la bonté première de la nature et de l'homme. Aussi les problèmes de conscience que posent aux Américains les questions indienne et noire affleurent-ils eux aussi en littérature, notamment dans *La Case de l'oncle Tom* (1852) d'Harriet Beecher-Stowe (1811-1896).

En poésie, les premiers grands noms de l'histoire des lettres américaines sont ceux d'Henry Wadsworth Longfellow (1807-1882), Walt Whitman (1819-1892) et Emily Dickinson (1830-1886).

L'INCONTOURNABLE EUROPE

Parce qu'il n'y a pas encore assez d'auteurs américains dont s'inspirer, l'Europe continue de donner le ton. L'influence de l'Angleterre, en particulier, est prédominante, domaine anglo-saxon oblige. La mode est alors au romantisme. On admire, en poésie, les œuvres de Samuel Coleridge (1772-1834), de Lord Byron (1788-1824), de Percy Bysshe Shelley (1792-1822) et de John Keats (1795-1821). Parmi les romanciers, les plus lus sont Walter Scott (1771-1832) et Charles Dickens (1812-1870). Les romantiques allemands sont également fort prisés, quoique le germanisme soit mal vu.

À l'instar de ses compatriotes, Poe puise abondamment à la source européenne : Byron et Shelley sont ses maîtres en poésie ; pour la fiction, c'est incontestablement l'Allemand E.T.A. Hoffmann (1776-1822) dont les contes, placés sous le signe d'une inquiétante étrangeté, annoncent la naissance du fantastique. Mais il s'inspire aussi des romanciers gothiques anglais : Horace Walpole (1717-1797) (*Le Château d'Otrante*, 1764), Ann Radcliffe (1764-1823) (*Les Mystères d'Udolphe*, 1794), Matthew Gregory Lewis (1775-1818) (*Le Moine*, 1797) ou encore Charles Robert Mathurin (1782-1824) (*Melmoth*, 1820), dont les œuvres, peu lues aujourd'hui, fournissent à l'artiste une « matière noire » qu'il fait sienne après s'en être moqué. Mais bien qu'il se situe quelque peu en marge de ses contemporains, Poe n'est pas le seul à œuvrer dans le registre de l'étrange et des profondeurs de l'être. Nathaniel Hawthorne, mais aussi Washington Irving (1783-1859), dont on retient généralement *La Légende de Sleepy Hollow* (1837), et plus tard Herman Melville (1819-1891), l'auteur de *Moby Dick* (1851), exploitent la même veine.

LE ROMANTISME ET LE GOTHIQUE

Le romantisme se développe en Angleterre et en Allemagne dans la deuxième moitié du XVIIIe siècle. En réaction au culte de la raison prôné par les Lumières, il fait l'éloge de la passion et des sentiments. Le moi du poète occupe désormais le devant de la scène, dans des œuvres où se lit la nostalgie des temps passés, le désir de communion avec la nature ou encore une certaine attirance pour le mystère. Érigé en véritable mouvement, le romantisme gagne l'ensemble de l'Europe au début du XIXe siècle, avant de céder la place, à partir du milieu du siècle, à de nouveaux courants.

Parallèlement se développe en Angleterre un nouvel engouement pour le gothique, qui coïncide avec un regain d'intérêt pour le style architectural du même nom, ainsi qu'avec l'éclosion, en littérature, de sentiments nouveaux liés au romantisme. Les poètes découvrent un plaisir étrange et paradoxal (car indépendant de toute joie) à errer parmi les ruines, les bois sombres, les paysages torturés ou les cimetières (d'où leur appellation de *graveyard poets*, « poètes de cimetières »). La mort, bien qu'effrayante, fascine. Cette nouvelle tendance donne naissance, en fiction, aux *gothic novels* qui, par leur côté exagérément dramatique et exubérant, marqueront les générations futures et seront à l'origine du roman d'horreur. Publié en 1818, le *Frankenstein* de Mary Shelley (1797-1851) marque déjà la fin du mouvement et le genre fantastique prend le relais. Mais plus qu'un courant littéraire, le gothique se définit comme une sensibilité particulière qui, en ce sens, perdure aujourd'hui encore.

LE GUIGNON

Un regard honnête sur la vie d'Edgar Allan Poe se doit de nuancer le portrait romantique d'artiste maudit que la tradition a dressé de lui. Pour autant, on ne saurait faire l'impasse sur le caractère éminemment malchanceux de son parcours. Né pauvre, mort à 40 ans pauvre encore, Poe n'a connu que de rares périodes heureuses.

Plaque apposée à proximité du lieu de naissance d'Edgar Allan Poe à Boston.

Boston, qui le voit naître le 19 janvier 1809, n'est alors qu'un gros bourg aux rues sombres et mal famées où sévissent le crime et la maladie. Ses parents, sans le sou, sont comédiens, une profession très mal considérée à l'époque (une comédienne est alors à peine plus qu'une prostituée), et courent le cachet de ville en ville. Tous deux meurent avant que l'enfant ait trois ans.

Le jeune Edgar est alors recueilli par les Allan, des proches de la famille plus fortunés vivant à Richmond, qui lui donnent leur nom et le font bénéficier d'une existence aisée et d'une bonne éducation. Il a notamment l'occasion de voyager en Écosse et en Angleterre, où il passe quatre ans, de 1815 à 1819. Première période heureuse. Mais le ciel n'est pas sans nuages. Le jeune garçon, artiste dans l'âme, indépendant et forte tête, s'oppose à un père adoptif sévère, intransigeant, pour qui seul compte le pouvoir de l'argent, et qui, déçu par cet enfant qui ne lui ressemble guère, le déshéritera.

En 1827, Edgar Allan Poe quitte sa famille et, bien qu'il soit peu aidé financièrement, entame différents parcours d'études. Mais il les abandonne rapidement ou se fait expulser, puis part sans donner de nouvelles et s'engage quelque temps dans l'armée. Désireux avant tout d'écrire, il choisit de vivre de sa plume, une voie particulièrement difficile. Il sera l'un des premiers à y parvenir, non sans peine.

ÉCRIRE POUR VIVRE, VIVRE POUR ÉCRIRE

L'aspirant écrivain n'est pas dénué d'astuce. Il fait tirer ses premiers poèmes à compte d'auteur chez un imprimeur de cartes de visite et obtient des souscriptions par la ruse, en faisant croire à ses camarades plus aisés qu'il publie des portraits de leurs professeurs. Un jour de 1832, il lit une annonce pour un concours de textes ; il remporte le prix avec son *Manuscrit trouvé dans une bouteille* (1833), le premier de ses contes à faire connaître son nom.

Mais la fiction ne fait pas vivre l'homme. Qu'à cela ne tienne, sa plume a d'autres ressources : il est tour à tour pigiste, nègre, journaliste, critique et éditeur. Employé successivement dans différents journaux et revues de la côte Est (Philadelphie, Boston, New York, Richmond), il contribue par son talent à en augmenter le tirage et le lectorat. Critique virulent et polémiste acharné, il fait preuve d'une telle intransigeance dans ses jugements littéraires qu'il se taille une réputation de flingueur : on le surnomme le comanche (du nom d'un peuple amérindien particulièrement redouté) ou le tomahawk (« hache de guerre »), en référence à sa pugnacité.

Sa réussite professionnelle est cependant indéniable : il devient rédacteur en chef, directeur et même propriétaire d'un journal. Mais il manque d'une vraie stratégie de carrière. Souvent, il se laisse distraire, cherche le mieux ennemi du bien et, finalement, se sabote lui-même. Son rêve est de fonder sa propre revue – il n'y arrivera jamais – et d'accéder à la célébrité par ses écrits – mais il restera toujours dans l'ombre. On a longtemps vu dans cet insuccès la conséquence d'une prétendue propension de l'écrivain à l'alcoolisme. La critique récente tend néanmoins à corriger ce jugement. Poe, qui tenait très mal l'alcool, n'aurait eu recours à la boisson qu'occasionnellement, avec de longues périodes de tempérance.

Tous les contes que nous lui connaissons sont publiés dans la presse et en recueils entre 1832 et 1849, année de sa mort. Son unique roman, *Les Aventures d'Arthur Gordon Pym* (1838), n'obtient aucun succès. C'est finalement un poème qui lui fait connaître la renommée : *Le Corbeau* (1845). L'œuvre fait sensation dans tout le pays, c'est son quart d'heure de gloire. Brusquement, le public se prend de passion pour ce poète si macabre. Feu de paille ? Dans la rue, les enfants pourchassent Poe que l'on surnomme désormais le corbeau ; avec humour, il se prend au jeu et se retourne pour les effrayer. Il a 36 ans, et du mal-être plein le cœur.

LA MORT, CETTE FIDÈLE COMPAGNE

Car si la réussite daigne lui lancer quelques brefs sourires, en privé, Poe ne connaît guère que le malheur. Orphelin en bas âge, son expérience avec le deuil ne s'arrête pas là. En 1826, son premier amour (platonique), une femme plus âgée, décède, suivie dans la tombe par sa mère adoptive, qu'il chérissait tendrement, en 1829, puis par son frère, en 1831. Mais la mort n'a pas encore fini son œuvre. Alors qu'il pense avoir vu tous les siens disparaître, elle lui ravira encore son être le plus cher.

On ne manque jamais d'évoquer que Poe s'est marié avec sa cousine Virginia qui n'avait pas 14 ans au jour des noces et avec qui il vivait déjà depuis des années. Pourtant, quoi qu'on en dise, le couple a de toute évidence vécu heureux, plutôt comme frère et sœur que comme mari et femme. Autre période heureuse.

Mais en 1842, le destin frappe à nouveau : Virginia est prise d'une violente quinte de toux alors qu'elle est en train de chanter. Sur le mouchoir, du sang. La tuberculose a finalement raison d'elle, comme de tant d'autres, en 1847, après un long combat. Poe ne s'en remet pas, sombre dans la dépression et noie à l'occasion son chagrin dans la boisson. Vainement, il cherche à remplacer la disparue. En 1848, il tente de se suicider au laudanum.

Sa carrière, pourtant, se maintient tant bien que mal : il écrit toujours, publie, et donne des conférences et des lectures. Mais en 1849, alors qu'il est de passage à Baltimore, il disparaît pendant plusieurs jours. On le retrouve en piteux état sur la chaussée, un jour d'élections, probablement saoulé de force par des malfrats payés pour extorquer des votes à des proies faciles. Il meurt à l'hôpital quelques jours plus tard, le 7 octobre 1849, sans être revenu à la lucidité.

CARACTÉRISTIQUES

UN CORBEAU MULTICOLORE

L'imaginaire de Poe nous le fait voir avant tout comme un romantique noir, dans la mesure où il donne aux thèmes du romantisme une coloration pessimiste, voire macabre. Pour lui, l'homme, faible par nature, est ballotté par des forces qu'il ne maîtrise pas, et alterne constamment entre enthousiasme et dépression. Parmi les thématiques qui parcourent cette poésie de la nuit, on retrouve en particulier la fameuse dialectique amour-mort.

Mais Poe ne se réduit pas à cette définition. Son originalité résulte plutôt d'un dosage varié d'inspirations diverses :

- une veine gothique, marquée par l'étrange plus que par le fantastique. En effet, l'horreur qu'il décrit relève moins du surnaturel (dont Poe n'adopte aucune figure traditionnelle telle que le vampire, la sorcière, le démon, la goule ou le fantôme, par exemple) que d'une menace diffuse dont l'origine est psychologique. Il emprunte en outre aux romans gothiques leur exubérance et leurs décors au cachet médiéval ou baroque (châteaux à secrets, cryptes, appartements richement ornés, etc.) ;
- une veine analytique, qui se manifeste plus clairement dans ses récits policiers, mais qui, en réalité, traverse toute son œuvre. Car même dans les moments les plus extrêmes, ce sont toujours la lucidité et le discours argumenté qui prévalent : la démarche de Poe consiste non pas à éteindre la lumière pour nous faire peur, mais bien à la jeter sur les tréfonds de l'âme et les zones inexplorées de la connaissance ;

- une veine idéaliste, puisque, en bon romantique, Poe croit à la communion des âmes et à leur (sur)vie indépendante de celle du corps. Cette inspiration se manifeste dans quelques-uns de ses contes, mais surtout dans sa poésie. Les poèmes de Poe, éthérés et mélancoliques, résonnent comme des rêves tristes dans lesquels, en contemplant l'amour, il finit toujours par y déceler la mort. On retiendra en particulier ceux des dernières années, les plus marqués par le malheur, comme « Ulalume » (1847), « The bells » (1848), « A dream within a dream » (1849) ou encore « Annabel Lee » (son dernier) ;
- une veine mystificatrice, qui consiste à intégrer l'élément comique dans un composé inquiétant dont on ne sait pas toujours s'il faut rire ou s'effrayer. Poe conçoit en effet ses premiers contes, *Metzengerstein* (1832) et *Bérénice*, (1835), comme des parodies, même si l'on ne la décèle pas clairement, tandis que d'autres récits comme *Le roi peste* (1835) ou *Hop-Frog* (1849), relèvent du grotesque.

DES TALENTS DE DIVINATEUR

Doué d'une grande intelligence et adepte de cryptographie, Poe aime beaucoup les énigmes, à tel point qu'il en publie dans les journaux et demande à ce qu'on lui en envoie. Il s'amuse également, dans ses critiques, à déceler des traces de plagiat chez ses adversaires et, un jour, parvient même à deviner la fin d'un feuilleton publié par Dickens. Son essai *Le Joueur d'échecs de Maelzel* (1836) montre qu'il est capable de déjouer des numéros d'illusionnisme. Dans *Le Mystère de Marie Roget* (1842), il expose ses hypothèses sur un meurtre qui défraie l'actualité. Des récits comme *Les Aventures d'Arthur Gordon Pym* (1838) ou *Le Canard au ballon* (1844) sont présentés comme authentiques, et beaucoup y ont cru. De même, ses narrations sont souvent piégées, faisant croire à une explication pour ensuite nous en révéler une autre. Enfin, dans un essai visionnaire (*Eurêka*, 1848) qu'il considérait comme le sommet de sa carrière, Poe évoque des concepts cosmologiques tels que le Big Bang, l'expansion de l'univers, les trous noirs, la théorie de la relativité ou encore l'antimatière.

UNE MAIN CLASSIQUE DANS UN GANT BAROQUE

Au modèle de l'artiste romantique inspiré, fougueux, clamant crinière au vent son mal-être à la nature, Poe oppose celui, non moins romantique, d'un être sensible et nerveux, d'un intellectuel privilégiant le travail et la réflexion sur l'inspiration hallucinée.

On retrouve à travers son œuvre deux thèmes qui incarnent bien cette opposition, mais dont la différence de sens n'est vraiment sensible qu'en anglais : la *fancy* et l'*imagination*. La *fancy* (entendons ici la fantaisie, le délire), connotée négativement, est le propre de l'esprit malade en proie aux aléas des sens et qui a perdu pied avec le réel ; c'est « le sommeil de la raison engendrant des monstres ». L'*imagination* (mot identique en français), c'est, au contraire, la faculté créatrice suprême, celle qui, dans le chaos du monde, parvient à extraire l'unité propre au divin. Chacun de ces deux concepts-clés possède un champ lexical propre qui parcourt tous les textes de l'écrivain. Ses personnages eux-mêmes relèvent de l'un ou de l'autre : ce sont des « illuminés » soit obsédés, soit géniaux, selon que l'on donne à ce terme la couleur de la folie ou de la raison.

Critique de son état, l'écrivain a de la littérature une approche réflexive, consciente d'elle-même. Précurseur de l'art pour l'art, il privilégie moins l'intuition que le lent travail qui achemine le premier jet vers l'œuvre parfaite. À ce titre, ses récits résultent de l'application rigoureuse de certains principes stylistiques qui ne sont pas sans évoquer l'art classique :

- l'unité d'impression : il compose des récits brefs destinés à donner au lecteur une impression forte et homogène ;
- l'unité d'effet : les divers éléments du conte s'assemblent patiemment pour amener un effet sensationnel supposé impressionner le lecteur ;

- l'unité narrative : il bannit les fioritures, les sous-récits, les digressions ou les détails inutiles pour aller droit à l'essentiel ;
- l'unité de lieu : chacune de ses histoires se déroule en un seul lieu, souvent clos, pour créer une sensation d'étouffement.

Mais si, par sa grande maîtrise formelle et son approche toujours rationnelle des événements, son style est marqué au coin du classicisme le plus pur, n'oublions pas que Poe se fait également, par certains aspects, quelque peu baroque (notamment en raison de ses emprunts aux romans gothiques).

SONDER LES TÉNÈBRES

Comme on l'a déjà dit, pour explorer l'inconnu et les phénomènes surnaturels, Poe, plutôt que de faire appel aux figures traditionnelles du bestiaire fantastique, adopte un registre davantage psychologique : ses démons à lui sont intérieurs. Plus qu'un pacte avec le diable ou une possession démoniaque, ce sont les pulsions enfouies, peur, culpabilité, remords, obsession ou *hubris* (démesure de l'esprit), qui poussent ses personnages à la folie et au meurtre. Pour mieux nous le faire sentir, il écrit parfois ses histoires à la première personne du singulier, nous plaçant ainsi dans l'esprit même du personnage (*Le Cœur révélateur* ou *Le Chat noir*, 1843).

Son attirance pour un autre monde, parallèle au nôtre, s'exprime par une fascination pour l'occulte et les pseudosciences : spiritisme, magnétisme, phrénologie, métempsycose et survivance de l'esprit (*La Révélation magnétique*, 1844 ; *Le Cas de M. Valdemar*, 1845) sont autant de moyens pour lui d'approcher l'insondable frontière séparant la vie de la mort, le monde réel de l'au-delà. Idéaliste, Poe croit en un Dieu panthéiste et en la vie éternelle. Mais son esprit par ailleurs rationnel et épris de logique l'incite à réfléchir très concrètement aux modalités de cette survivance : que se passe-t-il vraiment au moment de passer de vie à trépas ? C'est dans cette zone inter-médiaire (la *twilight zone*) que son imagination se déploie le plus volontiers. Les situations qu'il met en scène illustrent son insatiable volonté de sonder les ténèbres : séances d'hypnose, enterrements prématurés, crises de catalepsie, *near death experiences*, mystère du sommeil (la petite mort) ou encore explorations de cerveaux malades lui permettent d'approcher la mort au plus près et d'en sentir le souffle froid.

De toutes les évocations morbides, la plus poétique semble être celle de la mort quand elle s'en prend à la beauté. Celle-ci, éphé-mère dans l'incarnation, éternelle dans l'idéal, défie vainement la mort qui emporte sans pitié l'objet de nos passions. Les chères mortes qui peuplent les écrits de Poe sont nombreuses : Lénore, Ligeia, Morella, Bérénice, Hélène, mais on devine derrière elles Eliza, sa mère, et Virginia, sa femme. Ses personnages masculins incarnent quant à eux les deux grandes facettes de sa propre personnalité. Ce sont tantôt des âmes nerveuses, sujettes à la folie ; orgueilleuses et paranoïaques, elles participent à leur propre perte, attirées irra-tionnellement vers la déchéance et le vice, victimes du démon de la perversité. Tantôt, il s'agit dintellectuels brillants et maîtres d'eux-mêmes, à l'image du chevalier Dupin. À moins que l'un ne cache l'autre, comme le prince Prospero du *Masque de la Mort rouge* (1842).

Parmi les autres thèmes qui innervent l'œuvre de Poe, citons encore le double, le gouffre, l'illusion, la nuit, l'eau et les espaces confinés.

LES AVENTURES D'ARTHUR GORDON PYM

Après l'avoir fait partiellement paraître en feuilleton, Poe convainc l'éditeur Harper d'accepter ce qui restera son unique œuvre romanesque. Pour être sûr d'être publié, il choisit la forme populaire du roman d'aventures.

L'œuvre, parue en 1838, rapporte sous forme de journal les aventures du jeune Arthur Gordon Pym, embarqué clandestinement sur un bateau où a lieu une mutinerie. Avec l'aide de quelques complices, il en prend le commandement. L'équipage essuie une terrible tempête qui le fait presque sombrer. À la dérive pendant de longues semaines, les rescapés finissent par recourir à la dernière extrémité : le cannibalisme. Recueillis de justesse par une équipe scientifique, ils poussent alors jusqu'en Antarctique, une terre inconnue, qu'ils découvrent habitée par des sauvages. Attaqués, Arthur et son seul ami restant s'échappent. Ils vont alors plus au sud encore, ignorants du mystère qui s'y cache.

S'il n'était pas de Poe, ce roman serait peut-être oublié. Il n'est en effet pas exempt de défauts. On lui a notamment reproché ses incohérences : on ne sait trop comment ce journal a été rapporté par son auteur, qui semble bien n'être jamais revenu de son périple et que l'on voit mal tenir la plume au milieu de telles péripéties. Son côté décousu aussi : les événements se succèdent sans véritable nécessité narrative, sous le simple coup du hasard, et ne contribuent pas à une quelconque évolution du héros. Enfin, l'accumulation de malheurs et de moments d'horreur extrême est peu crédible et frise la parodie.

Pourtant, le roman, publié sans le nom de Poe, se présente comme véridique et, au moment de sa parution, plusieurs y croient. Certes, la description de l'Antarctique, de sa géographie, de son climat et de ses habitants nous semble aujourd'hui invraisemblable, mais n'oublions pas que le continent était alors inexploré et excitait les imaginations autant que la face cachée de la Lune. Les hypothèses en vogue à l'époque postulaient notamment l'existence d'une mer intérieure, chaude, et d'un gouffre au niveau des pôles, selon ce qu'on appelait alors la théorie de la Terre creuse.

L'auteur ménage tout de même quelques moments-chocs, comme ce bateau que l'on espère voir arriver pour sauver les rescapés et qui se révèle habité par des cadavres, ainsi que certaines séquences oniriques et symboliques marquantes. Mais c'est surtout la fin, des plus mystérieuses, qui a longtemps entretenu les interprétations les plus diverses et constitue aujourd'hui encore la principale force du roman. Le récit se présente en effet comme inachevé : Pym, alors qu'il approche du pôle dans une atmosphère brumeuse et blanche, entr'aperçoit un « géant blanc », une sorte de silhouette humanoïde et énigmatique. Qu'advient-il de lui ? Personne ne le sait. Suit un appendice prétendument écrit par une troisième main (ni Pym, ni Poe), laissant à penser que le héros aurait découvert les traces d'une civilisation ancienne. Enfin, une dernière phrase en italiques dépasse toute compréhension et résonne comme un message venu de l'au-delà : « J'ai gravé cela dans la montagne, et ma vengeance est écrite dans la poussière du rocher. »

Le mystère des dernières pages rachète donc amplement l'imperfection du roman, mal accueilli à sa sortie et plus tard renié par son auteur. Il restera longtemps un ovni littéraire, une œuvre culte appréciée seulement des rares connaisseurs. Parmi eux, le fictif Jean des Esseintes, le dandy décadent du roman *À Rebours* (1884) de Joris-Karl Huysmans (1848-1907). Jules Verne (1828-1905), quant à lui, lui invente une suite avec *Le Sphinx des glaces* (1897). Enfin, son ombre plane également sur plusieurs chefs-d'œuvre comme *Moby Dick* (1851) d'Herman Melville, *Au cœur des ténèbres* (1899) de Joseph Conrad (1857-1924) et *Les Montagnes hallucinées* (1931) d'Howard Philips Lovecraft (1890-1937).

LA CHUTE DE LA MAISON USHER

Publiée en 1839 dans le *Burton's Gentleman's Magazine*, puis reprise dans les *Contes du grotesque et de l'arabesque* (1840), *La Chute de la maison Usher* s'ouvre sur l'arrivée du narrateur chez son ami Roderick Usher qui lui a écrit pour lui faire part de sa détresse. Usher vit dans une vaste demeure lugubre et isolée avec sa sœur Madeline, qui souffre d'un mal mystérieux. Hélas, lors d'une crise, Madeline décède. On la porte alors au caveau familial. Les jours suivants, Roderick manifeste les signes d'un mal-être et d'une angoisse grandissants. Une nuit, la lecture d'un livre lui fait prendre conscience de ce qu'il n'osait s'avouer : Madeline a eu une crise de catalepsie, et c'est vivante qu'ils l'ont mise au tombeau !

Probablement l'un des contes les plus connus de Poe, c'est aussi l'un des plus gothiques : son atmosphère sinistre, son personnage délirant et sa progression anxiogène jusqu'au point d'orgue final sont propres à donner le frisson et laissent aux lecteurs une impression poignante. Car ici, l'horreur est surtout psychologique, incarnée par le personnage de Roderick, esthète ultrasensible dont les sens hyper aigus l'empêchent de vivre normalement. Dominé par la peur, il est persuadé de porter en lui une malédiction familiale, et cette idée seule le pousse, de façon irrationnelle, à réaliser par lui-même la prophétie qu'il redoutait tant. Il est en proie à ce que Poe, dans un autre texte, nomme « *the imp of the perverse* », le « démon de la perversité », ce malin génie qui nous pousse à faire précisément ce que nous savons nous être néfaste.

Si le conte est baroque par son décor (appartements richement ornés, éléments déchaînés, atmosphère brumeuse et lune de sang), il est dans sa forme d'une grande pureté et d'une redoutable efficacité.

Poe y applique ses fameuses règles d'unité : en un seul lieu et en quelques jours seulement se joue, entre une poignée de personnages, une tragédie dont chaque élément concourt à amener le dénouement inéluctable. D'un point de vue narratif, la progression est lente mais constante et instaure un suspense irrésistible jusqu'au climax final. L'histoire inclut en outre une mise en abyme fort intéressante : pour distraire son ami, le narrateur décide de lire à voix haute un récit de chevalerie et, pendant sa lecture, des sons résonnent au loin. Les personnages croient d'abord à un effet de leur imagination, et le lecteur lui-même, pendant un moment, pense qu'ils proviennent surnaturellement du livre lu. Or on devine qu'il s'agit en réalité de lady Madeline se débattant contre les murs du caveau.

Poe, non content de raconter une histoire de terreur, l'enrichit de significations supplémentaires, créant un vaste champ de symboles où chaque chose est aussi autre chose : Madeline, passée pour morte, revient à la vie sous les traits d'une morte-vivante venue emporter son frère ; Usher, en déphasé ultrasensible, est l'incarnation symbolique du poète ; quant à la maison, elle est à la fois la bâtisse et la famille Usher elle-même, et constitue un personnage à part entière, doué de vie, tout comme la nature environnante. Ce palais maudit est le prototype de la maison hantée, que Poe hérite du roman gothique tout en l'enrichissant d'un symbolisme nouveau.

Enfin, notons encore qu'en laissant la porte ouverte à une interprétation rationnelle tout en instaurant un climat fantastique, Poe tend les filets d'une narration piégée. Le narrateur, d'abord incrédule et confiant dans l'idée qu'il parviendra à ramener son ami à la santé et à la raison, est peu à peu contaminé par Usher et par l'atmosphère des lieux, et nous avec lui. En introduisant ainsi un narrateur non neutre qui entraîne le lecteur malgré lui dans la folie de son personnage, Poe préfigure avec un siècle d'avance l'audace des nouveaux romanciers et de ce qu'on appellera plus tard l'ère du soupçon.

DOUBLE ASSASSINAT DANS LA RUE MORGUE

Extrait du manuscrit de *Double Assassinat dans la rue Morgue*.

Publié dans le *Graham's Magazine* en avril 1841, puis repris dans le second recueil de contes publié du vivant de l'auteur en 1845, *Double Assassinat dans la rue Morgue* met en scène, dans un Paris que Poe n'a jamais visité, le détective Dupin et son ami, le narrateur. Dupin est doué d'une faculté de déduction incroyable, presque surnaturelle. Travaillant en marge des enquêtes officielles, il se concentre cette fois sur une affaire qui laisse la police perplexe : deux femmes ont été retrouvées mortes chez elles dans d'affreuses et étranges circonstances, l'une étranglée et coincée dans la cheminée, l'autre défenestrée et quasi décapitée. Grâce à la confrontation des témoignages et des indices laissés sur les lieux du crime, il remonte la piste d'un tueur bien inattendu.

Après le conte gothique/fantastique, évoquons le conte policier. Là aussi, Poe fait figure de pionnier. Tous les spécialistes le citent aux origines du genre, avec ce conte-ci et trois autres (*Le Mystère de Marie Roget*, 1842 ; *Le Scarabée d'or*, 1843 ; *La Lettre volée*, 1845). Nombre d'ingrédients à succès du récit policier sont en effet déjà présents : d'une part, un meurtre en chambre close défiant toute logique ; d'autre part, un détective amateur surpassant les professionnels et annonçant contre toute attente qu'il détient la clé du mystère. Le principal plaisir du lecteur consiste à suivre la patiente résolution de l'énigme par le seul jeu de l'intelligence écartant petit à petit les solutions impossibles pour ne laisser plus que la seule vraie, aussi improbable soit-elle.

L'affaire à élucider, le tueur et ses victimes comptent finalement moins que le détective lui-même, véritable centre de l'attention. Avec Dupin, Poe crée l'archétype du détective surdoué faisant du mentalisme, à l'époque phénomène de foire, une véritable méthode d'investigation. Il est flegmatique de caractère, un peu excentrique et hors normes, ce qui le place en marge de la société, comme un loup solitaire. Cependant, c'est aussi un artiste, certes en décalage par rapport au monde, mais uniquement parce qu'il a développé une compréhension supérieure de celui-ci. À l'opposé de Usher, Dupin, héros positif, fait usage du « bon bout de sa raison » : son imagination créative, en épousant les traits complexes de la réalité, remet de l'ordre dans le chaos, là où le déséquilibré se laisse berner par ses propres constructions mentales. Dupin, en réfléchissant en dehors des schémas habituels, nous invite à pénétrer dans une réalité augmentée, résultat d'une pensée anticonformiste, et nous fait voir le monde à travers les yeux du double personnage de l'artiste et du scientifique.

LE CORBEAU

DORÉ (Gustave), *Le Corbeau*, 1884, illustration de couverture.

Publié le 29 janvier 1845 dans trois revues différentes, et repris ensuite dans de nombreuses autres, *Le Corbeau* vaut immédiatement à son auteur une grande célébrité. Cas unique de poème mondialement connu, il est l'étendard d'un romantisme noir qui nous parle encore aujourd'hui.

Une nuit de décembre, alors que la tempête rugit au-dehors, un jeune homme sombre et mélancolique noie son chagrin dans la lecture. Soudain, un bruit le tire de sa rêverie. En ouvrant la fenêtre, il laisse entrer un grand oiseau noir qui se pose au-dessus de la porte. L'animal semble doué de parole mais n'a au bec que ces mots : « Jamais plus. » Le cri réveille peu à peu la douleur de l'infortuné qui reprend conscience de son malheur : sa femme, morte, ne reviendra... jamais plus !

Plus qu'aucun autre texte de Poe, *Le Corbeau* frappe par son pouvoir évocateur et sa perfection stylistique. Nous avons la chance de pouvoir lire l'explication que l'écrivain a lui-même donnée de son processus créatif dans *La Philosophie de la composition* (1846), aussi connu sous le titre *La Genèse d'un poème*, selon la traduction baudelairienne. Loin de vouloir donner de lui l'image d'un créateur inspiré qui écrirait sous le coup d'une force mystique, il s'y montre étonnamment rationnel. Ainsi, son poème serait né d'une réflexion très lucide sur les ingrédients nécessaires pour obtenir certains effets escomptés. Le choix de certains sons et de certains rythmes, joint à l'idée d'une progression savamment construite et à la mise en scène de personnages et de thèmes judicieusement choisis, expliqueraient la force du poème davantage qu'une vague atmosphère ou qu'une indéfinissable couleur macabre.

Qu'on le croie ou non, le commentaire de l'auteur donne en tout cas l'impression – probablement exagérée – qu'il ne s'agirait ici que d'un tour de force stylistique. Certes, la forme y est pour beaucoup : le refrain du « Jamais plus », modulé à chaque strophe de façon différente, le jeu sur les sonorités et les rimes ou encore l'usage incantatoire des répétitions donnent à l'ensemble une valeur hypnotique et pénétrante, à laquelle on s'arrête le plus souvent. Mais le texte n'est pas non plus dénué de sens. Son caractère fantastique se résout même dans une interprétation, sinon rationnelle, du moins symbolique. L'amant, depuis la mort de sa bien-aimée Lénore, se trouve soudain nez à nez avec, non pas un oiseau, mais sa propre conscience du malheur qui le mine. Reverra-t-il un jour la disparue ? Jamais plus ! Connaîtra-t-il à nouveau l'apaisement ? Jamais plus ! On comprend que la progression dramatique provient des questions qu'il adresse à l'oiseau plus que de la réponse, sempiternelle, qu'il s'entend retourner. L'âme damnée cherche en fait à se confirmer dans son malheur en posant les questions qui le mènent à sa perte, dominé à nouveau par le fameux démon de la perversité.

Du reste, l'idée d'un oiseau venu chercher refuge durant la tempête auprès d'une fenêtre éclairée semble plus plausible que celle d'une visite d'un être infernal doué de raison. Ainsi, tout se passe dans la tête du héros (et du lecteur), dont l'imagination malade (la *fancy*) fait d'un innocent animal un démon venu le tarauder. Ce qui se joue ici, c'est la tragédie de la dépression envahissant l'esprit jusqu'à le terrasser. Charles Baudelaire (1821-1867) s'en souvient lorsqu'il conclut son poème « Spleen » (1857) par ces vers : « L'Espoir, vaincu, pleure, et l'Angoisse atroce, despotique, sur mon crâne incliné plante son drapeau noir. »

L'extrême noirceur du tableau et le portrait presque caricatural d'un personnage maudit qui se confond avec Poe lui-même frisent l'autoparodie, et il est probable qu'elle soit délibérée. Mais loin d'affaiblir le texte, elle l'augmente d'un caractère lucide et métalittéraire, jusqu'à ce point de grâce où le parodique et le sérieux semblent en équilibre. Le lecteur désabusé y trouve aussi bien son compte que l'amateur authentique de poésie macabre.

EDGAR ALLAN POE, UNE SOURCE D'INSPIRATION

De son vivant, Poe est surtout connu comme critique. Ce n'est qu'après sa mort que son œuvre littéraire acquiert une réelle renommée, avant tout en France, grâce à la traduction de ses contes par Baudelaire (*Les Histoires* (et *Nouvelles Histoires*) *extraordinaires*, 1856 et 1857, et *Les Histoires grotesques et sérieuses*, 1864). Elle fait plus longtemps débat aux États-Unis, où de grands auteurs critiquent sévèrement le style de l'écrivain et où son image négative (et fausse) n'a pas toujours bonne presse.

Non content de le traduire, Baudelaire considère Poe comme un frère et en fait le prototype de l'artiste condamné au malheur dans une société qui le brime. Ce faisant, il accentue son influence sur de nombreux écrivains français et belges de la fin de siècle décadente. Parmi eux, Jules Amédée Barbey d'Aurevilly (1808-1889), Auguste Villiers de L'Isle-Adam (1838-1889) et Jean Lorrain (1855-1906), dont plusieurs œuvres sont parcourues de thèmes fantastiques « à la Edgar Poe ». De même, la maison vivante de Roderick Usher a sans aucun doute inspiré *Bruges-la-morte* (1892) de Georges Rodenbach (1855-1898) et *Malpertuis* (1943) de Jean Ray (1887-1964).

Par sa poésie, Poe est le précurseur de l'art pour l'art et du symbolisme. Ainsi, Stéphane Mallarmé (1842-1898), qui déclare avoir appris l'anglais pour comprendre son œuvre, traduit ses textes poétiques et écrit un poème célèbre en son hommage : « Le Tombeau d'Edgar Poe » (1876). Arthur Rimbaud (1854-1891) semble quant à lui se souvenir des aventures maritimes de Pym quand il écrit « Le Bateau ivre » (1871), et Paul Valéry (1871-1945) lui doit beaucoup dans sa démarche intellectuelle et son parcours créatif.

L'influence de Poe se prolonge ensuite au XXe siècle auprès des surréalistes, mais aussi chez de grands écrivains comme Jorge Luis Borges (1899-1986).

Par ailleurs, si sa paternité sur la science-fiction n'est pas directe, il a tout de même influencé plusieurs auteurs qui marqueront le genre comme Jules Verne, dont on a déjà parlé, mais aussi, dans le domaine anglo-saxon, Herbert George Wells (1866-1946) et Ray Bradbury (1920-2012). Malgré sa mauvaise réputation aux États-Unis, Poe a certainement inspiré Herman Melville, le poète Walt Whitman et, plus tard, Howard Philips Lovecraft, son plus digne successeur dans l'horreur. En Grande-Bretagne, *Le Portrait de Dorian Gray* (1890) d'Oscar Wilde (1854-1900) rappelle *Le Portrait ovale* (1842), tandis que *L'Étrange Cas du docteur Jekyll et de M. Hyde* (1886) de Robert Louis Stevenson (1850-1894) fait penser aux doubles de *William Wilson* (1839) et de *L'Homme des foules* (1840).

Dans le genre policier, le personnage de Sherlock Holmes d'Arthur Conan Doyle (1859-1930) est le descendant spirituel d'Auguste Dupin, de même que Hercule Poirot chez Agatha Christie (1890-1976) et Rouletabille chez Gaston Leroux (1868-1927).

Enfin, ajoutons qu'au-delà du champ littéraire, l'œuvre de Poe a été adaptée dans des œuvres musicales (classiques, modernes, rock), des bandes dessinées, ainsi qu'à la télévision (*Les Simpsons*) et, bien sûr, au cinéma, où le « cycle Poe » de Roger Corman (1926) est un sommet de la série B. On pense aussi à Tim Burton (1958) dont l'univers se pare des mêmes couleurs que celui du maître. Apprécié des gothiques, Poe est plus encore un auteur – et même un personnage – résolument populaire.

EN RÉSUMÉ

- Par diffamation ou idolâtrie, une certaine tradition biographique a associé à Poe une légende sulfureuse, faisant de lui, au mieux, un artiste maudit, au pire, un débauché psychopathe. Poe a certes connu une existence marquée par la mélancolie et l'insuccès, mais son caractère fut toujours d'une grande droiture, et certains de ses textes ont été fort appréciés de son vivant.

- D'abord poète, il passe à la fiction brève à partir de 1832 et écrira jusqu'à sa mort une soixantaine de contes auxquels il doit principalement sa renommée, en plus du poème *Le Corbeau*, qui eut un succès fulgurant et scella sa réputation d'auteur macabre.

- Son influence est capitale sur les genres fantastique et policier, qu'il a contribué à faire entrer dans la modernité. Mais plus qu'un écrivain fantastique, c'est un maître de l'angoisse psychologique : les démons qui torturent ses héros viennent d'eux-mêmes. Les thèmes qui parcourent son œuvre n'en ont pas moins alimenté le genre : fascination pour la mort et ses multiples visages, vertige du gouffre, doubles maléfiques, etc.

- Romantique d'inspiration, Poe déploie un style de facture classique, résultat d'une grande maîtrise dictée par de rigoureux principes. Bien que s'aventurant aux limites du surnaturel, il reste toujours rationnel et logique dans sa démarche narrative.

POUR ALLER PLUS LOIN

SOURCES BIBLIOGRAPHIQUES

- ACKROYD (Peter), *Edgar Allan Poe, une vie coupée court*, Paris, Rey, 2010.
- BARBEY D'AUREVILLY (Jules-Amédée) et BAUDELAIRE (Charles), *Sur Edgar Poe*, Bruxelles, Complexe, 1990.
- BARDIN (Jacques), « *Les Aventures d'Arthur Gordon Pym* d'Edgar Poe », in *Dossier des professeurs 2007-2008*, Paris, Librairie générale française, 2007.
- BARONIAN (Jean-Baptiste), *Panorama de la littérature fantastique de langue française : des origines à Hautepierre (Jean), Edgar Poe*, Grez-sur-Loing, Pardès, 2012.
- COLLECTIF, *Dictionnaire des genres et notions littéraires*, Paris, Albin Michel, 1997.
- COLLECTIF, *Dictionnaire mondial des littératures*, Paris, Larousse, 2002.
- COLLECTIF, *Le Nouveau Dictionnaire des auteurs de tous les temps et de tous les pays*, Paris, Robert Laffont, 1994.
- COLLECTIF, *Le Nouveau Dictionnaire des œuvres de tous les temps et de tous les pays*, Paris, Robert Laffont, 1994.
- « Edgar Poe : dossier », in *Europe*, n° 868-869, août-septembre 2001.
- LYSØE (Éric), *Histoires extraordinaires, grotesques et sérieuses d'Edgar Allan Poe*, Paris, Gallimard, 1999.
- POE (Edgar Allan), *Contes, essais, poèmes*, Paris, Robert Laffont, 2011.
- RAYMOND (François) et COMPÈRE (Daniel), *Les Maîtres du fantastique en littérature*, Paris, Bordas, 1994.
- ROBERTS (Chris), LIVINGSTONE (Hywel) et BAXTER-WRIGHT (Emma), *Gothic : racines et richesses d'une contre-culture*, Paris, Huginn & Muninn, 2015.

- Walter (Georges), *Enquête sur Edgar Allan Poe, poète américain*, Paris, Flammarion, 1991.

SOURCES ICONOGRAPHIQUES

- Doré (Gustave), *Le Corbeau*, 1884, illustration de couverture. La photo reproduite est réputée libre de droits.
- Extrait du manuscrit de *Double Assassinat dans la rue Morgue*. La photo reproduite est réputée libre de droits.
- Plaque apposée à proximité du lieu de naissance d'Edgar Allan Poe à Boston. La photo reproduite est réputée libre de droits.

www.50minutes.com

Éditeur responsable : Lemaitre Publishing
Rue Lemaitre 6 | BE-5000 Namur
info@lemaitre-editions.com

ISBN ebook : 978-2-8062-6274-5
ISBN papier : 978-2-8062-6275-2
Dépôt légal : D/2015/12603/68
Photo de couverture : © Gravure d'Edgar Allan Poe réalisée à partir d'un daguerréotype de 1848 (1880), par Timothy Cole.

Conception numérique : Primento,
le partenaire numérique des éditeurs